AF384552

Lb 4973

(For Emilie
Raymond)

INSTRUCTIONS

HISTORIQUES

DÉDIÉES

Au Peuple et à l'Armée.

Tout citoyen devrait savoir lire,
lire pour s'instruire, s'instruire pour
raisonner, et raisonner avec sagesse.
Emile RAYMOND.

◎

25 Centimes.

PARIS.

CHEZ LES MARCHANDS DE NOUVEAUTÉS.
Dépôt à Belleville boulevard des Amandiers, 18.

1842

Impr. de Mme de Lacombe, rue d'Enghien , 12.

TABLE DES MATIÈRES

CONTENUES DANS CE LIVRE.

———

ce, leurs Noms, la date et l'année de leur règne, leur origine.

7° La liste de toutes les Décorations militaires instituées successivement en France, depuis la Ceinture Militaire, en 1241, jusqu'à l'Ordre de la Réunion en 1811.

8° La liste de tous les Grades et les Emplois existant dans l'Armée, depuis le Grade de Maréchal de France jusqu'au grade de Caporal, l'année de leur origine.

9° Le nom des Statues élevées aux grands hommes aux frais des citoyens et des villes depuis la révolution de 1830 ; le nom des villes où elles sont placées.

10° Biographie des Généraux de l'Empire sortis de la classe du peuple.

11° Composition et effectif de l'armée en temps de paix.

12° Proverbes et Maximes sur le caractère des Hommes.

INSTRUCTIONS

HISTORIQUES.

FAMILLE DE NAPOLÉON.

BONAPARTE (NAPOLÉON), né à Ajaccio, le 15 août 1769.

TASCHER (JOSÉPHINE-ROSE de), née le 24 juin 1768, première épouse de Napoléon.

MARIE LOUISE, archiduchesse d'Autriche, née le 12 décembre 1791, seconde épouse de Napoléon.

NAPOLÉON (FRANÇOIS-CHARLES-JOSEPH), prince impérial, né le 20 mars 1811, fils unique du mariage de Napoléon et de l'impératrice Marie-Louise.

BONAPARTE (JOSEPH), frère aîné de Napoléon.

BONAPARTE (LUCIEN), prince de Canino, second frère de Napoléon.

BONAPARTE (LOUIS), né le 27 septembre 1778, troisième frère de Napoléon.

BONAPARTE (JÉROME), né le 15 novembre 1784, quatrième frère de Napoléon.

BONAPARTE (MARIE-ANNE-ELISA), née en 1777, sœur aînée de Napoléon.

BONAPARTE (Marie-Pauline), née en 1780, seconde sœur de Napoléon.

BONAPARTE (Marie-Annonciade-Caroline), née en 1782, troisième sœur de Napoléon.

Marie-Lætitia, née en 1750, mère de Napoléon.

BEAUHARNAIS (Eugène-Napoléon) fils adoptif de Napoléon, né en 1780.

BEAUHARNAIS (Hortense-Eugénie), née en 1783, belle-fille de Napoléon, sœur du prince Eugène Beauharnais, épouse de Louis Bonaparte.

NAISSANCE ET ENFANCE

DE NAPOLÉON.

1769, le 15 août, jour de l'Assomption, vers midi, sa mère, à cause de la solennité du jour, voulant aller à l'office, fut obligée de revenir en toute hâte, ne put atteindre sa chambre à coucher, et déposa son enfant sur un de ces tapis antiques à grandes figures de héros... C'était *Napoléon* !!!

1779. Elève à Brienne.—Le comte

de Marbœuf, protecteur de la famille Bonaparte, fait entrer Napoléon élève, aux frais du roi, à l'école militaire de Brienne (28 avril 1779). Enfant obstiné et curieux, fougueux et querelleur, puis sombre, rêveur et silencieux, le jeune Napoléon se distingua dans l'étude des mathématiques; Pichegru était son répétiteur. Peu de goût pour les langues ni les arts d'agrément; il ne s'éleva pas, pour le latin, au-dessus de la classe dite de quatrième. Plutarque et Polybe, dans les traductions, étaient sa lecture favorite. C'est pendant l'hiver de 1783 à 1784 qu'arriva l'anecdote de la petite guerre des boules de neige. Ses instituteurs disaient qu'il ferait un bon marin.

1784. Élève à Paris. — Napoléon passa de Brienne, comme élève du roi, à l'école militaire de Paris (17 octobre). Ses plaintes sur la mollesse et le luxe de cet établissement. Même succès dans les mathématiques. Son professeur d'histoire, l'Eguille, lui donnait cette note : « Corse de nation et de caractère, il ira loin si les circonstances le favorisent. » Domairon, son professeur d'éloquence, disait de son style : « C'est du granit chauffé au volcan. » Napoléon n'est que le dou·zième d'une liste de trente-six élèves pour l'artillerie.

SERVICES.

1785. Lieutenant aux régimens de La Fère et de Grenoble (1ᵉ et 4ᵉ d'ar.tillerie). Sa liaison avec le célèbr Raynal ; sa lettre à Mathieu Buttae fuoco. Deux voyages en Corse (1790-93). Il commande la fusillade des gardes nationaux sur le peuple d'Ajaccio (lundi de Pâques 1792). Venu à Paris pour se justifier, il est témoin du 10 août ; revient en Corse ; est de l'expédition de Sardaigne (décembre 1792); combat son ancien ami Paoli et les Anglais. Paoli le fait bannir (27 mai 1793). Sa détresse à Marseille, avec sa mère et ses sœurs, recevant des rations de la municipalité.

1793. *Capitaine*, pour avoir cannonné les Marseillais fédéralistes (25 juillet). — 1793. *Chef de Bataillon* (9 octobre), nommé par le représentant Barras, au siége de Toulon, sous les généraux Carteaux, Doppet et Du—

gommier.—1793. *Colonel* (19 décembre). C'est par son artillerie que Toulon est pris ; il en est récompensé par le grade d'adjudant-général chef de brigade.

1794. *Général de Brigade* (6 févr.). Commandant l'artillerie de l'armée d'Italie sous le général Domerbion, il se distingue à Smorgio, Oneille, etc.

1795. Il marche contre les Tuileries, où siège l'assemblée (5 oct.) Bonaparte fait mitrailler la multitude sur les quais, au portail S.-Roch, dans les rues St-Honoré, St-Nicaise, de Rohan. Déroute des Parisiens. Douze cents morts dans les deux journées. C'est la dernière insurrection en masse de la grande révolution de France jusqu'en juillet 1830. — 10 Octobre, *Général de de Division*, commandant de Paris. *Général en chef* de l'armée dite de l'intérieur (26 octobre.)

1796. Premier mariage de Napoléon. Le 9 mars, il épouse Joséphine, veuve du vicomte de Beauharnais. Douze jours après (21 mars), départ de Bonaparte, *général en chef* de l'armée d'Italie. (Série de victoires.)

1798-99. Campagne d'Egypte. Revient d'Egypte. *Premier Consul pour dix ans* (24 décembre.)

1800. Part pour la deuxième campagne d'Italie (6 mai).

1802. *Président de la République italienne* (11 janvier); *Consul à vie*, proposé à la sanction du peuple (2 août.)

1803. *Médiateur de la Suisse.*

1804. *Empereur des Français* (18 mai). Le lendemain 19, il crée 18 maréchaux de France. Sacré et couronné avec Joséphine , à Paris, à Notre-Dame, par le pape Pie VII (2 décem.)

1805. Couronné *Roi d'Italie* à Milan (28 mai); le 24 septembre suivant, Napoléon part pour les campagnes d'Autriche et de Moravie.

1806. *Protecteur de la Confédération du Rhin*, signée à Paris, le 15 juillet. L'Empereur part de Paris le 24 septembre suivant pour les campagnes de Prusse et de Pologne.

1807. Entrevue de Napoléon et d'Alexandre, empereur de Russie, sur le Niémen (20 juin.)

1809 (13 avril). Seconde campagne d'Autriche (série de victoires); le 10 juin , l'Empereur réunit Rome à la France ; le pape l'excomunie. Le 6 juillet, il fait enlever le pape. Mariage avec Joséphine cassé par le Sénat le 17 décembre.

1810 (2 mars). Marie-Louise d'Autriche, fille de l'empereur François Ier, est épousée au nom de Napoléon (20 mars); arrivée de la nouvelle impératrice à Paris, mariage à St Cloud (1er avril).

1811 (20 mars). Naissance du roi de Rome, fils de Napoléon.

1812 (9 mai). L'Empereur part pour la campagne de Russie; à Moscou le 18 septembre suivant; en repart le 22 octobre; le lendemain 23, conspiration de Mallet, à Paris; le 18 décembre, Napoléon à Paris.

1813. Campagne de Saxe (série de victoires). Napoléon de retour à Paris le 9 novembre.

1814. Campagne de France. L'Empereur part de Paris (21 janvier. Le Sénat prononce la déchéance de l'Empereur (3 avril). Abdication de Napoléon à Fontainebleau (13 avril); ses adieux à l'armée et à la Garde (20 avril); son départ pour l'île d'Elbe ; jusqu'à Lyon, témoignages de regrets. Embarquement (28 avril) sur une frégate anglaise , à St-Raphau , au lieu même où Napoléon était debarqué revenant d'Egypte. Prisonnier souverain de l'île d'Elbe , avec une garde française et polonaise, un pavillon particulier aux armes de Napoléon et de l'île. Séjour de neuf mois et demi. Il quitte l'île (26 fév. 1815).

1815. Débarquement de Napoléon au golfe Juan (1er mars). Entrée de Napoléon à Paris le 20 mars , sans avoir tiré un coup de fusil. Assemblée du Champ-de-mai (1er juin). Toute l'Europe est réunie contre lui. L'Empereur part de Paris (12 juin); il bat les Prussiens de Blucher à Ligny (16 juin); sa dernière bataille à jamais fameuse (Waterloo, le 18 juin). Surprise et déroute de l'armée française. Napoléon de retour à Paris (20 juin); sa deuxième abdication en faveur de son fils, proclamé Napoléon II (22 juin); son départ de Paris (29 juin).

Napoléon à Sainte-Hélène.—Captivité de Napoléon (1815-1821). Napoléon , captif des Anglais dès qu'il monte sur le *Bellérophon* (15 juillet), sans promesse d'asile en Angleterre;

transporté sur le Northumberland à Sainte-Hélène (15 octobre). Captivité, insultes et privations de tous genres ; dévouement généreux de Las-Cases, Gourgaud, Montholon, Bertrand ; infamie du géôlier Hudson-Lowe ; tortures morales et physiques du prisonnier, tué par le climat.

Mort de Napoléon. — En 1821, le 5 mai, à 6 heures du soir, la grande victime cesse de souffrir. « *Mon fils !* *France ! France !* » tels sont les derniers mots prononcés par Napoléon. Ses derniers regards furent portés sur le buste de son fils. Avant d'expirer il dit : « Je désire être enterré sur les bords de la Seine, au milieu des Français, que j'ai tant aimé !!! »

Dix-neuf ans après, son désir est accompli ; le 15 décembre 1840, ses cendres entraient dans Paris au milieu d'un peuple ivre de joie et de recueillement.

CAMPAGNES
DE NAPOLÉON BONAPARTE.

Batailles commandées par lui-même, en personne.

CAMPAGNE D'ITALIE,
Contre les Autrichiens et les Piémontais.

1796. Le 11 avril, Montenotte ; le 14,

Millésimo ; le 15, Dégo ; le 10 mai,
le Pont-de-Lodi ; le 3 août, Lonado;
le 5, Castiglione; le 4 septembre,
Rovérédo ; le 8 , Bassano ; le 15,
Saint-Georges ; le 15 novembre ,
Arcole ; —1797. Le 13 janvier, Ri-
voli ; le 16, la Favorite ; le 12 mars,
Tagliamento ; le 20, Lavis.

CAMPAGNE D'ÉGYPTE,
Contre les Mamelucks et Arabes.

1798. Le 13 juillet, Chebreisse : le 21,
·Pyramides.

CAMPAGNE DE SYRIE,
Contre les Turcs et Mamelucks.

1799. Le 7 mars, Jaffa ; le 15 avril,
Mont-Thabor.

2ᵉ CAMPAGNE D'EGYPTE,
Contre les Turcs et Mamelucks.

Le 25 juillet, Aboukir.

CAMPAGNE D'ITALIE, DITE DE MARENGO,
Contre les Autrichiens.

1800. Le 9 avril, Passage du Mont-
Saint-Bernard ; le 9 juin, Monté-
bello ; le 14, Marengo.

1ʳᵉ CAMPAGNE D'AUTRICHE,
Contre les Autrichiens et les Russes.

1805. Le 8 octobre, Wertingen ; le 9,
Güntzbourg ; le14, Memmingen; le
15, Elchingen ; le 16, Ulm ; le 2
décembre, Austerlitz.

CAMPAGNE DE PRUSSE ,
Contre les Prussiens, Suédois et Saxons.

1806. Le 14 octobre, Iéna.

CAMPAGNE DE POLOGNE,
Contre les Russes et Prussiens.

1806. Le 23 décembre, Czarnowo ; le 26, Pulstuck ; le 6 février 1807, Eylau ; le 14 juin, Friedland.

CAMPAGNE D'ESPAGNE,
Contre les Espagnols et Anglais.

1808. Le 10 novembre, Burgos ; le 23, Tudela ; le 3 décembre, Madrid.

2e CAMPAGNE D'AUTRICHE,
Contre les Autrichiens.

1809. Le 2 avril. Abensberg ; le 22, Eckmulh ; le 25, Ratisbonne ; le 11 mai, Prise de Vienne ; le 22, Esling ; le 6 juillet, Wagram.

CAMPAGNE DE RUSSIE,
Russes.

1812. Le 27 juillet, Witepsk ; le 17 août, Smolensk ; le 7 septembre, Moskowa ; le 25 novembre, la Bérésina.

CAMPAGNE DE SAXE,
Contre les Russes, Prussiens, Suédois, Autrichiens, Saxons et Bavarois.

1813. le 2 mai, Lutzen ; le 20, Bautzen ; le 21, Wurtchen ; le 26 août, Dresde ; le 16 octobre, Wacham ; le 18, Leipsick ; le 30, Hanau.

CAMPAGNE DE FRANCE.

Toute les armées de l'Europe, excepté celle de la Turquie.

1814. Le 29 janvier, Brienne; le 2 février, La Rothière ; le 9, Champ-Aubert; le 11, Montmirail ; le 14, Vauchamps ; le 17, Nangis ; le 19, Montereau ; le 7 mars, Craone ; le 9, Laon ; le 11, Reims.

CAMPAGNE DE BELGIQUE,

Contre les Prussiens, Anglais, Saxons, Hollandais.

1815. Le 16 juin , Ligny-sous-Fleurus ; le 18, Waterloo.

CHRONOLOGIE DES ROIS DE FRANCE ,

DEPUIS PHARAMOMD JUSQU'A LOUIS-PHILIPPE.

1er Roi. Pharamond.	Année 420
2e — Clodion, fils de Pharamond.	428
3e — Mérovée, prince royal.	448
4e — Childéric Ier, fils de Mérovée.	458
5e — Clovis Ier, fils de Childéric.	481
6e — Childebert Ier, fils de Clovis.	511
7e — Clotaire Ier, fils de Clovis.	558
8e — Cherebert, fils de Clotaire.	561
9e — Chilpéric Ier, fils de Clotaire.	567
10e— Clotaire II, fils de Chilpéric.	584
11e— Dagobert Ier, fils de Clotaire.	628
12e— Clovis II , fils de Dagobert.	638
13e— Clotaire III , fils de Clovis.	656
14e— Childéric II , fils de Clovis.	670

43e — Louis VIII, fils de Philippe. 1223
44e — Louis IX (saint), fils de Louis VIII. 1226
45e — Philippe III, le Hardi, fils de saint Louis. 1270
46e — Philippe IV, le bel, fils de Philippe III. 1285
47e — Louis X le Hutin, fils de Philippe IV. 1314
48e — Philippe V le long, fils de Philippe IV. 1316
49e — Charles IV, le bel, fils de Philippe IV. 1322
50e — Philippe VI, de Valois, petit-fils de Philippe III. 1328
51e — Jean II le bon, fils de Philippe VI. 1350
52e — Charles V, le sage, fils de Jean. 1364
53e — Charles VI, le bien aimé, fils de Charles V. 1389
54e — Charles VII, fils de Charles VI. 1422
55e — Louis XI, fils de Charles VII. 1461
56e — Charles VIII, fils de Louis XI. 1483
57e — Louis XII, duc d'Orléans. 1498
58e — François I, gendre de Louis XII. 1515
59e — Henri II, fils de François I. 1547
60e — François II, fils de Henri II. 1559
61e — Charles IX, fils de François II. 1560
62e — Henri III, frère de Charles IX. 1574
63e — Henri IV, dit le grand. 1589
64e — Louis XIII, fils de Henri IV. 1610
65e — Louis XIV, le grand, fils de Louis XIII. 1643
66e — Louis XV, pet.-fils de Louis XIV. 1715

67e — Louis XVI, pet.-fils de Louis XV. 1774
68e — Louis XVII, fils de Louis XVI. 1793
Napoléon Bonaparte , consul. 1799
69e — Napoléon 1, empereur. 1804
70e — Louis XVIII, frère de Louis XVI. 1814
71e — Charles X, frère de Louis XVIII. 1824
72e — Louis-Philippe I, duc d'Orléans. 1830

DIVISION DE LA FRANCE.

La France est divisée en 86 départemens, en 363 Arrondissemens, 2.835 Cantons, 37.012 Communes; sa Population est de 32.560.934 Habitans; 27 Cours royales; 20 Divisions militaires; 14 Archevêchés, et 67 Evêchés.

DÉPARTEMENS.	CHEFS-LIEUX.	Distances de Paris.	Prix des Ports de Lettres.	
			f.	c.
Ain..............	Bourg............	143	»	70
Aisne..........	Laon...........	33	»	40
Allier..........	Moulins.	73	»	60
Alpes (Basses)...	Digne..........	192	1	»
Alpes (Hautes)..	Gap.	173	»	90
Ardèche.........	Privas..........	156	1	»
Ardennes........	Mézières........	61	»	50
Arriége	Poix...........	195	1	»
Aube..........	Troyes.	41	»	40
Aude..........	Carcassonne.....	204	1	»
Aveyron.	Rhodez..........	175	»	90

DÉPARTEMENS.	CHEFS-LIEUX.	Distances de Paris.	Prix des Ports de Lettres.	
			f.	c.
Bouch.-du-Rhône	Marseille.	208	1	»
Calvados.	Caen............	59	»	50
Cantal.........	Aurillac.........	138	»	80
Charente.......	Angoulême.	118	»	70
Charente-Infér. .	La Rochelle.....	124	»	70
Cher.	Bourges........	60	»	50
Corrèze........	Tulle.	120	»	80
Corse..........	Ajaccio.........	290	1	10
Côte-d'Or.......	Dijon..........	78	»	60
Côte-du-Nord....	Saint-Brieux. ...	114	»	70
Creuse.........	Guéret.........	117	»	70
Dordogne	Périgueux.	121	»	80
Doubs.........	Besançon........	98	»	70
Drôme.........	Valence........	144	»	80
Eure..........	Evreux.	27	»	40
Eure-et-Loire ...	Chartres........	23	»	30
Finistère.......	Quimper.	132	»	80
Gard	Nîmes.........	185	»	80
Garonne(Haute).	Toulouse.	181	»	90
Gers..........	Auch.	198	»	90
Gironde........	Bordeaux........	153	»	80
Hérault........	Montpellier.....	199	»	90
Ille-et-Vilaine ...	Rennes.........	83	»	70
Indre..........	Châteauroux.....	66	»	50
Indre-et-loire ...	Tours..........	58	»	50
Isère..........	Grenoble........	146	»	80
Jura..........	Lons-le-Saulnier.	100	»	70

DÉPARTEMENS.	CHEES-LIEUX.	Distances de Paris.	Prix des Ports de Lettres.	
			f.	c.
Landes.............	Mont-de-Marsan.	193	»	90
Loire-et-cher.....	Blois.............	46	»	50
Loire.............	Montbrison.....	123	»	70
Loire (Haute).....	Le Puy..........	125	»	80
Loire-Iuférieure..	Nantes..........	100	»	70
Loiret...........	Orléans.........	31	»	40
Lot..............	Cahors..........	153	»	80
Lot et Garonne..	Agen...........	188	»	90
Lozère..........	Mende.........	137	»	80
Maine et Loire..	Angers.........	73	»	60
Manche.........	Saint-Lô........	70	»	60
Marne..........	Châlons-s.-Marne.	42	»	40
Marne (Haute)..	Chaumont......	63	»	60
Mayenne.......	Laval..........	72	»	60
Meurthe........	Nancy.........	86	»	80
Meuse..........	Bar-le-Duc......	64	»	50
Morbihan.......	Vannes.........	108	»	80
Moselle.........	Metz...........	79	»	60
Nièvre..........	Nevers.........	55	»	50
Nord...........	Lille...........	60	»	50
Oise............	Beauvais........	17	»	30
Orne...........	Alençon........	49	»	50
Pas-de-Calais....	Arras..........	50	»	50
Puy-de-Dôme...	Clermont-Ferrant	98	»	70
Pyrénées (Basses).	Pau...........	200	1	»
Pyrénées (Hautes)	Tarbes.........	214	1	»
Pyrénées-Orient..	Perpignan......	235	1	»

DÉPARTEMENS.	CHEFS-LIEUX.	Distances de Paris.	Prix des Ports de Lettres.	
			f.	c.
Rhin (Bas).....	Strasbourg.......	119	»	70
Rhin (Haut).....	Colmar.........	119	»	70
Rhône.........	Lyon.	119	»	70
Saône (Haute)...	Vesoul.	87	»	70
Saône et Loire. .	Mâcon.	102	»	70
Sarthe.........	Le Mans........	54	»	50
Seine.........	Paris..........	»	»	15
Seine-Inférieure.	Rouen.	32	»	30
Seine et Marne. .	Melun.	11	»	20
Seine et Oise....	Versailles.	5	»	20
Sèvres (Deux)...	Niort. ,.......	107	»	70
Somme........	Amiens........	32	»	40
Tarn..........	Alby..........	199	»	90
Tarn et Garonne.	Montauban.	169	»	90
Var,..........	Draguignan.....	226	1	»
Vaucluse.	Avignon........	178	»	90
Vendée........	Bourbon-Vendée.	105	»	70
Vienne........	Poitiers........	86	»	60
Vienne (Haute)..	Limoges........	97	»	70
Vosges........	Epinal.	98	»	70
Yonne.........	Auxerre.	43	»	40

LISTE DES DÉCORATIONS MILITAIRES
instituées en France.

La Ceinture militaire instituée en 1241
L'ordre de l'Étoile, en 1345
L'ordre du Saint-Esprit, en 1352
L'ordre de Saint-Michel, en 1469
L'Anneau d'Or, en 1534
L'ordre du Saint-Esprit, en 1579
L'ordre des Chevaliers de la maison royale, en 1603
L'ordre de Notre Dame du Mont-Carmel, en 1608
L'ordre de Saint Louis, en 1603
L'ordre du Mérite Militaire, en 1759
Les Armes d'Honneur, en 1799
L'ordre de la Légion-d'Honneur 1802
L'ordre de la Couronne de Fer 1805
L'ordre des trois Toisons-d'Or 1809
L'ordre de la Réunion, en 1811

LISTE DES GRADES EXISTANT DANS L'ARMÉE.

Maréchal de France, la plus haute dignité militaire, fut créé en 1185
Lieutenant général, créé en 1663
Maréchal de Camp, créé en 1534
Intendant militaire, créé en 1817

Sous-Intendant militaire, créé en 1817
Colonel, créé en 1534
Lieutenant-Colonel, créé en 1543
Chef de bataillon, créé en 1774
Chef d'escadron, créé en 1774
Major, avec le titre de Sergent-
  Major, créé en 1515
Adjudant-Major, créé en 1790
Capitaine, créé en 1355
Lieutenant, créé en 1444
Sous-Lieutenant, créé en 1589
Chirurgien-Major, en 1651
Adjudant-sous-officier, créé en 1771
Sergent-Major, créé en 1776
Sergent, créé en 1485
Maréchal-des-Logis, créé 1444
Maréchal-des-logis trompette, en 1815
Fourrier, créé en 1534
Caporal, créé en 1534, sous le
  titre de cap-d'escadre jusqu'en
  1558, où il prit le titre de ca-
  poral, caporaux tambours et
  brigadier trompette, créé en 1788
Caporaux clairon, en 1822
Grenadiers à pied, soldats d'é-
  lite, créé en 1536
Carabinier à pied de l'infanterie

légère, créé en   1788
Voltigeur soldat d'élite, créé en 1804
Les trompettes dans la cavalerie
    datent de   1444
Les tambours et fifres, en   1534
Les cornets, en   1804
Les clairons, en   1822
Les sapeurs, en   1806
Maîtres armuriers, en   1775
Les vétérinaires, en   1776
Les maréchauds ferrans et maî-
    tre sellier, en   1776
Les maîtres cordonniers, bottiers
    et tailleurs, en   1788

RÉDUCTION DE L'ARMÉE,

Par ordonnance officielle du 8 septembre 1841, l'armée est réduite, sur le pied de paix, de 433.000 hommes à 344.000 ; chaque bataillon d'infanterie est réduit d'une compagnie. Il résulte que l'armée est composée ainsi qu'il suit :

75 Régimens de ligne ; — 25 régimens léger ; — 10 bataillons de chasseurs à pied ; — 1 régiment de zouaves ; — 3 bataillons d'infanterie légère d'A-

frique ; — 12 compagnies de discipli-
ne ; — 1 légion étrangère.

Cavalerie. 2 régimens de carabi-
niers, 10 régimens de cuirassiers, 12
régimens de dragons, 8 régimens de
lanciers, 13 régimens de chasseurs,
9 rég. de hussards, 4 rég. de chasseurs d'Afrique.

Artillerie. 14 régimens ; 1 régim.
de pontonniers ; 12 compagnies d'ouvriers : demi-compagnie d'armuriers ;
6 escadrons du train des parcs.

Génie. 3 régimens ; 2 compagnies
d'ouvriers.

Gendarmerie. 26 légions ; 1 bataillon de voltigeurs corses ; 1 légion de
garde municipale ; 1 bataillon de sa-
peurs-pompiers.

Vétérans. 8 compagnies de sous-
officiers ; 10 comp. de fusiliers ; 4
comp. de cavaliers ; 13 comp. de ca-
nonniers ; 1 comp. du génie ; 2 comp.
de gendarmerie.

Administration. 1 bataillon d'ouvriers ; 4 escadrons du train des équipages militaires ; 4 comp. d'ouvriers
du train des équipages militaires.

BIOGRAPHIE DES HOMMES CÉLÈBRES.

Augereau, duc de Castiglione, fils d'un fruitier de Paris, partit soldat en 1792 ; devint maréchal, duc et pair de France ; mort en 1816.

Beauharnais (Eugène), beau-fils de Napoléon, excellent et brave général ; mort en 1824.

Berthier, prince de Neufchâtel et Wagram, fils d'un concierge ; mort en 1815.

Bernadote, roi de Suède ; né simple bourgeois, il était déjà maréchal de France en 1804, roi en 1810.

Bessières, duc d'Istrie ; maréchal en 1807 ; fils d'un simple bourgeois, soldat en 1792 ; fut tué dans un combat qui précéda la bataille de Lutzen, en 1813.

Brune, prote d'imprimerie, soldat en 93, maréchal d'empire ; assassiné à Avignon en 1815.

Dauménil (baron), dit la jambe de bois de Vincennes ; de simple soldat, il devint général de brigade en 1812 ; mort en 1832.

Hoche, né de pauvres parens ; de simple soldat, il devint général en chef de l'armée de la Moselle ; mort en 1797, à l'âge de 29 ans.

Joubert ; de simple grenadier, devint général en chef ; tué à la bataille de Novi en 1799, à l'âge de 32 ans.

Jourdan, sorti de la classe du peuple, devint maréchal de France et gouvern^r des Invalides ; mort en 1833.

Junot, comte d'Abrantès : de simple soldat, devint général ; dans un accès de fièvre, il se jetta d'une fenêtre en 1813.

Kellermann, simple hussard, devint duc de Valmy et général ; mort en 1820.

Kléber, né à Strasbourg en 1745 : ce fut l'un des généraux qui contribuèrent le plus à la conquête de l'Égypte ; fut assassiné au Caire en 1801.

Lannes, duc de Montebello, fils d'un ouvrier teinturier ; soldat en 1792, meurt maréchal à Essling en 1809.

Lefebvre, duc de Dantzick ; de simple soldat, devint maréchal et pair de France ; mort en 1820.

Masséna, duc de Rivoli et prince d'Essling, fils d'un marchand de vin; de simple soldat, mourut maréchal de France en 1817.

Marceau, devint général en chef: tué le 18 septembre 1796, à l'âge de 23 ans.

Murat, roi de Naples, fils d'un aubergiste; soldat en 1792, il fut fusillé en 1815, à lâge de 44 ans.

Ney, prince de la Moskowa, fils d'un tonnelier; de simple soldat, devint maréchal et pair de France; fusillé en 1815, à 48 ans.

Pichegru, fils d'un maître d'école; de simple soldat, devint général : il fit un complot contre Bonaparte; arrêté, il s'étrangla dans son lit en 1804, âgé de 43 ans.

Statues élevées aux grands Hommes aux frais des villes et des citoyens depuis la révolution de 1830.

Benjamin-Constant, à Paris; — Bichat, à Bourges; — Bonchamp, à Florent; — Boïeldieu, à Rouen; — Broussais, à Paris; — Brune, à Brives ; — Carrel, à Saint-Mandé ; — Championnet, à Valence ; — Chevert, à Verdun ; — Cheverus, à Mayenne ; — Combe, à Fleurs ; — Corneille, à Rouen ; — Cuvier, à Montbéliard ; — Cuvier, à Paris ; — D'Assas, à Vigan ; — D'Argentray, à Rennes ; — Decaen, à Caen ; — Faber, à Mézières ; — Fénélon, à Périgueux ; — Foy, à Paris ; — François Ier, au Hàvre ; — Gerbier, à Rennes : — Guttemberg, à Strasbourg ; — Hoche, à Versailles ; — Kléber, à Strasbourg ; — Lechalotais, à Rennes ; — Latour-d'Auvergne, à Carhaix ; — De L'Épée, à Versailles ; — La Fontaine, à Château-Thierry ; — Lannes, à Lectoure ; — Louis XIV, à Montpellier ; — Majour, à Brives ; — Montaigne, à Périgueux ; — Montaigne, à Brives ; — Molière, à Paris ; — Mortier, à Cateau ; — Napoléon, à Ajaccio ; — Ambroise Paré, à Laval ; — Casimir Périer, à Paris ; — Racine, à la Ferté-Milon ; — Riquet, à Bézières ; — Toullier, à Rennes ; — Travot, à Bourbon-Vendée ; — Turenne, à Arras.

SENTENCES ET MAXIMES.

Certains hommes ne connaissent

leur bonheur qu'en voyant leur semblable dans la plus affreuse misère.

— Le mal fait à plaisir ne rapporte aucun fruit.

— L'honnête homme parle peu, mais agit beaucoup.

— Celui qui rit en vous parlant, vous trahit au même instant.

— Un fripon de profession, se croit toujours la conscience pure en lui-même.

— L'homme vertueux n'est estimé et reconnu que lorsqu'il a cessé de vivre.

— On ne parle jamais de l'intérêt d'autrui en bien, si l'on espère son partage.

— Avant de dire du mal d'autrui, ou chercher à lui en faire ; voyez-vous, dans une glace, si vous êtes susceptible de rougir.

— L'homme qui vous trahit sans motif et sans vous avoir jamais parlé, cherche le même jour votre confiance.

— Le bonheur ne vient à l'homme loyal, que dans sa conscience et ses habitudes.

— La discorde, chez les hommes, vient de l'injustice.

— Le flatteur fait son bonheur en faisant le mal.

— Le sommeil n'est doux qu'à celui qui a la conscience pure et sans reproche.

— Avant d'offrir quelque chose, soyez bien décidé à le donner.

— Si vous cherchez à être estimé, n'ayez jamais d'arrière-pensée.

— Si vous faites du bien, ne le dites qn'à vous-même.

— Avant de faire du mal à son semblable, si l'on interrogeait sa conscience, on en ferait jamais.

— Un délateur n'a jamais connu la foi du serment.

— L'homme que l'on méprise est souvent celui qui vous veut le plus de bien. Il est à plaindre si vous avez pouvoir sur slui-même, il succombera toujours-

— Le bien fait à autrui s'oublit de suite ; le mal, au contraire, empire à excès.

— Ne faites jamais votre éloge à personne, si vous ne voulez pas avoir d'envieux.

— Un ami n'est ami que de nom, si vous n'ayez soin de le bien connaître.

E. R.....

www.ingramcontent.com/pod-product-compliance
Ingram Content Group UK Ltd.
Pitfield, Milton Keynes, MK11 3LW, UK
UKHW021158140726
13695UKWH00005B/2200